Jorge Luis
Borges

Nueve ensayos dantescos

但丁九篇

[阿根廷] 豪尔赫·路易斯·博尔赫斯 著

王永年 译

上海译文出版社

目　录

序　言

　　我们不妨设想，东方的一家图书馆藏有一幅几百年前的绘画。也许是阿拉伯国家的，据说把《一千零一夜》里的情节都画了出来；也许是中国的，据说画的是一部小说的几百或者几千个人物。在那些林林总总的图像中间，有一株倒置圆锥体似的树，还有几座高出铁墙的橙黄色的清真寺，引起了我们注意，随后我们又看别的图像。日暮时，光线逐渐暗淡，我们仍看得津津有味，发现凡是世上的事物，画里一应俱全。过去、现在和将来的一切，以往和未来的历史，我有过的和将要拥有的东西，一切的一切都在那座默默无言的迷宫里等待着我们……我幻想出一件神奇的作品，一幅可称作微观宇宙的画；但丁的诗就是那幅包罗万象的画。我认为，如果我们能用天真的眼光去看（但是我们没有那种福分），我们第一眼看到的是不那么普遍、更不那么崇高宏大的东西。我们更早注意到的是其他不那么难以忍受而更令人愉快的特点；首先也许是研究但丁的英国学者们着重指出的一点：特征精确的多样化而恰如其分的创意。当人和蛇纠缠在一起时，但丁不会仅仅说人变成了蛇而蛇变成了人；他把那种相互变形比作吞噬纸张的火，开始是一条发红的地带，白色已经消失，黑色尚未形成（《地狱篇》，第二十五歌第六十四行）。他不会仅仅说在第七层的黑暗中，地狱里的人眯缝着眼睛看东西；他把他们比作月色昏暗中对瞅着的人，或者比作穿针线的老裁缝（《地狱篇》，第十五歌第十九行）。他不会仅仅说宇宙深处的水结了冰；而会补充说那不像是水，而像是玻璃（《地狱篇》，第三十二歌第二十四行）……当麦考莱在《论弥尔顿》一文中说弥尔顿的"模糊的崇高"和"杰出的概括"

不像但丁的细节描写那么使他感动时，麦考莱心里想的正是这类比喻。罗斯金后来指责了弥尔顿的含糊，对但丁叙述地狱情况时严谨的地形描写大为赞赏（《现代画家》，第四、第十四章）。人们清楚地看到诗人爱用夸张手法：在彼特拉克或者贡戈拉笔下，妇女的头发总是黄金似的，水总是清澈得像水晶；那种机械似的、粗糙的符号文字破坏了语言的严谨，似乎基于观察不足而造成的冷漠。但丁不允许自己犯那种失误；他的书里没有一个说不出道理的词。

我刚才所说的精确性并不是一种修辞技巧，而是说明《神曲》中的每一事件都经过认真充分的构思。这一论点也适用于令人钦佩不已、同时又质朴无华的心理描写的特点。整部作品仿佛是由这些特点交织而成。下面我将举些例子加以说明。打入地狱的灵魂号哭着诅咒上帝；上了冥河摆渡船时，他们的恐惧变成了热望和难以忍受的焦虑（《地狱篇》，第三歌第一百二十四行）。但丁听维吉尔亲口说他永远登不了天国，立刻称呼他为尊贵的老师，可能是表示维吉尔的以诚相见并没有减少但丁对他的好感，也可能是因为知道了他的沉沦之后，对他更感亲切（《地狱篇》，第四歌第三十九行）。在第二层的黑风暴中，但丁想了解保罗和弗朗切斯卡的爱情根源，后者说他们两情相悦，但并不知道，"我们只在一起，不疑有他"[1]。他们是看书时无意发现了两人的爱情。维吉尔批评了那些企图只用理性来概括无限神性的狂妄的人；他突然低下头不言语了，因为他自己就是那些不幸的人之一（《炼狱篇》，第三歌第三十四行）。曼托瓦人索尔代洛的鬼魂在炼狱的峭壁上询问维吉尔的鬼魂来自何处，维吉尔回说曼托瓦，索尔代洛当即打断了他的话，拥抱了他（《炼狱篇》，第六歌

1　原文为意大利文。

第五十八行）。当代小说描写心理过程时洋洋洒洒，但丁通过一个意图或者一个姿态就向我们揭示了人物的内心活动。

保尔·克洛岱尔[1]说我们死后看到的景象不一定是九层地狱、炼狱的台阶或者同心圆的天穹。毫无疑问，但丁的看法和他有相似之处。但丁按照经院哲学和他自己的诗的形式的要求，设想了死的地形地貌。

托勒密的以地球为中心的天文学说和基督教的神学观点勾画了但丁的宇宙。地球是一个固定的球体；适于人类居住的北半球中央是锡安山；山以东九十度处是恒河的尽头；山以西九十度处是埃布罗河的源头。南半球不是陆地，而是水域，人类无法在其中生存；南半球中央是炼狱山，正好位于锡安山的对跖点。两条等长的河与两座等高的山在圆球中央

---

1 Paul Claudel（1868—1955），法国诗人、剧作家、外交官。

形成一个十字。锡安山底下有一个向地球中心延伸的倒置圆锥体，比锡安山宽阔得多，那就是地狱，像阶梯剧场似的逐级缩小，分成九层，景象惨不忍睹；前五层是上地狱，后四层是下地狱，整体像是一座有铁墙围住的清真寺的城市。里面有坟墓、水井、悬崖峭壁、沼泽和流沙地；圆锥体的顶端是魔王，"穿透世界的蛀虫"。忘川的使人忘掉前世的水流在岩石中间冲刷出一条裂罅，使地狱的底部和炼狱的底部相通。这座山像岛一样四面环水，有一扇门；山坡形成一级级的台阶，代表十恶不赦的罪孽；山顶上是百花盛开的伊甸园。围着地球旋转的是九重同心圆的天穹；前七重是行星天（月球、水星、金星、太阳、火星、木星、土星天）；第八重是恒星天，第九重是澄明天，也叫第一动天。它的外层是最高天，那里"公正的玫瑰"簇拥着一点，也就是上帝，竞相开放。可以预见，玫瑰天的天使队有九个……但丁世界的概貌大致如此，读者可能已注意到，它隶属于第一、第三和澄明天。但丁提到的《蒂迈欧篇》(《飨宴》，第三卷第五节；《天国篇》，第四歌第四十九行)里的造物主认为最完美的运动是旋转，最完美的物体是球体；柏拉图的造物主和色诺芬尼[1]以及巴门尼德主张的学说决定了但丁所游历的三界的地理状况。

　　九重旋转天和中央有座山的、由水组成的南半球，明显地同一种古老的宇宙论不谋而合；有人认为这一描述同样适用于《神曲》的超自然的格局。地狱的九层之说同托勒密的九重天之说一样陈旧和站不住脚，炼狱同但丁将炼狱置于其中的那座山一样不真实。对于这类异议可以提出种种考虑：首先，但丁并不打算确立另一个世界的真正的或者可信的地形地貌，他本人就是这么说的。在那封用拉丁文写的、致维

1　Xenophanes（约前 560—约前 478），希腊诗人，伊利亚学派创始人。

罗纳封建主坎格兰代·德拉·斯卡拉的著名信件里，他说从文学观点来看，《神曲》的主题是死后灵魂的状况，从寓意观点来看，是人依据他的是非功过而应得的天谴或补偿。诗人的儿子雅科波·迪·但丁发展了这一思想。雅科波在他所写的评论的序言里指出，《神曲》旨在以寓意色彩展示人生的三种方式，作者在第一部里写的是罪恶，称之为"地狱"；在第二部里写的是从罪恶向善行的过渡，称之为"炼狱"；在第三部里写的是完美的人的状况，称之为"天国"，从而"表明人识别至善所必需的美德和幸福的高度"。别的评论家也是这样理解的，例如雅科波·德拉·拉纳指出："由于诗人认为人生可以有三种状况，即恶人的生活、悔罪的生活和善人的生活，便把他的书分为三部，即《地狱篇》、《炼狱篇》和《天国篇》。"

十四世纪末，为《神曲》注释的弗朗切斯科·达·布蒂提供了另一个确凿的证据。他用自己的语言表达了但丁信中的意思："从文学角度来说，这部诗的主题是已经脱离躯壳的灵魂，从道德角度来说，是人自取的奖赏或惩罚。"

雨果在那首名为《阴影巨嘴的启示》的哲理诗中指出：在地狱里，以亚伯的形象出现在该隐面前的幽灵，正是尼禄认作阿格丽品娜[1]的幽灵。

冷酷无情的罪名远比陈旧过时的罪名严重。尼采在《偶像的黄昏》（一八八八年）中有欠考虑地讽刺但丁是"在坟墓堆里写诗的鬣狗"。显而易见，这种说法尖刻有余，机智不足；以极不尊重和偏激的态度作出判断，掀起轩然大波。找一找那种判断的缘由是最好的反驳方式。

---

1 Agrippina（15—59），罗马皇帝尼禄的生母，出于野心，三婚嫁给自己的舅父克劳狄乌斯皇帝，诱使他认尼禄为养子，然后毒死了克劳狄乌斯，由尼禄继位。但尼禄厌烦阿格丽品娜干预朝政，派人暗杀了她。

另一个属于技术范畴的缘由能解释但丁为什么被指责为冷漠无情。主张上帝即宇宙、上帝存在于他的每一个创造物之中、并且是那些创造物的命运的泛神论观点，如果运用于现实生活，也许是异端邪说和谬误，但运用于诗人及其作品，却是无可非议的。诗人是人们臆造的世界中的每一个人，每一个瞬息，每一个细节。他的并非最艰难的任务之一是隐藏或者掩饰那种无所不在性。以但丁的情况而言，这一问题对他更为艰难，因为他的诗的性质要求他必须作出天国或地狱的判定，同时又不能让读者知道作出判定的权力最终在他自己手里。为了达到这个目的，他把自己也列为《神曲》中的人物，尽可能使他的反应不符合，或者只是偶尔符合神的决定（例如菲利波·阿尔真蒂或犹大的情况）。

第四歌里高贵的城堡

十八世纪末或十九世纪初，英语中开始出现一些源自撒克逊语或者苏格兰语的性质形容词：eerie（阴森可怕的）、uncanny（不可思议的）、weird（令人毛骨悚然的），用来定义一些引起模糊的恐惧感的地点或事物。这些形容词同景色的一个浪漫主义概念相应。德语的 unheimlich（阴森森的）一词是十分贴切的翻译；在西班牙语里，最贴切的词也许是 siniestro（阴险的）。我考虑到 uncanniness（不可思议性）一词的特点，曾在一篇文章[1]里写道："我们在威廉·贝克福德的《瓦提克》（一七八二年）一书最后部分看到的火之城堡，是文学中第一个真正可怕的地狱。在文学作品所描写的最著名的地狱中间，《神曲》中痛苦的王国并不是可怕的地方；而是发生可怕事情的地点。区别显而易见。"

斯蒂文森谈到他儿时常梦见自己遭到一个褐色的可怕物体的追逐（《说梦》）；切斯特顿认为世界西端可能有一株似树非树的东西，世界东端有一座建筑式样荒诞不经的塔（《名叫星期四的人》，第六章）。爱伦·坡在《瓶中手稿》里提到南方有海，航行海上的船舶体积会像水手的身体那样长大；梅尔维尔在《白鲸》里用不少篇幅说明白鲸的颜色白得可怕……我举了大量例子，但也许只要指出但丁的地狱赞扬了监牢的概念[2]，贝克福德的地狱赞扬了隧道似的梦魇这两个例子就够了。

几天前的一个夜晚，我在宪法广场地铁站的月台上突然想到一个情景，可以十分确切地说明《神曲》开头那种不可思议性，那种阒静的恐怖感。查阅原书后，证实了那个迟到的回忆是确切的。我说的是《地狱篇》第四歌，全书中最脍炙人口的篇章之一。

---

1 参见博尔赫斯《探讨别集》中《关于威廉·贝克福德的〈瓦提克〉》一文。
2 维吉尔提到地狱时说它是一座伸手不见五指的监牢（《炼狱篇》，第二十一歌第一百〇三行；《地狱篇》，第十歌第五十八至五十九行）。——原注

到了《天国篇》的结尾时，可以说《神曲》涉及了许多事物，也许是所有的事物。但开头时，明显的是但丁的一个梦，而但丁本人只是梦的主体而已。他告诉我们说，他在漆黑一片的丛林里不知所措，那里的梦何等深沉。[1]"梦"是罪孽深重的灵魂眩晕的比喻，但暗示做梦过程的不明确的开始。然后他写了那头挡住去路的狼搞得许多人走投无路。圭多·维塔利指出，这一概念不可能仅仅因为看到恶狼而产生，但丁对它有所了解，正如我们在梦中感知一样。丛林中出现一个陌生人，但丁刚刚见到就知道他沉默了许久。这又是一个梦中的感受。莫米利亚诺指出，要从诗歌而不是逻辑的角度来解释这一事实。他们开始了难以置信的行程。维吉尔进入第一层地狱时脸色突变；但丁认为他是害怕。维吉尔说是出于同情，因为他自己也是被打入地狱的人之一。但丁为了掩饰这句话引起的震惊或者表示怜悯，连连称呼他为尊敬的老师。叹息，并非折磨引起的痛苦的叹息，在空中回荡。维吉尔解释说，他们到了天主教问世之前就已死去的人们所处

1　原文为意大利文。

的地狱，四个既无悲哀也无欢乐表情的高大的鬼魂招呼他们，那是荷马、贺拉斯、奥维德和卢坎，荷马右手握着一把剑，象征他在史诗界的至高无上的地位。那些赫赫有名的幽灵以同行之礼和但丁相见，带他去他们永恒的居所——一座城堡，外面围有七堵高墙（七种自由艺术或者三种智力功能和四种精神功能）和一条壕沟（尘世的财产或者雄辩），他们如履平地似的一一通过。城堡的居民都很有威望，他们很少说话，但说话时声音很轻，表情严肃庄重。城堡院子里有一块绿得出奇的草坪，但丁站在高处，看到了经典和《圣经》中的人物，还有一位穆斯林（阿威罗伊，伟大的评论家[1]）。有一个人相貌不同一般，令人难以忘怀（恺撒全副披挂，目光凶狠[2]），另一个孤家寡人，显得更加高大（我瞥见了寂寂一身的萨拉丁[3]），他们处于无望的渴望之中，并不痛苦，但知道上帝把他们打入了另册。这一歌最后是一份枯燥乏味的名单。不能给人以很大的激励，可是能让人增长见识。

贤人的净界，亦称亚伯拉罕的怀里（《新约·路加福

---

1 2 3 原文为意大利文。

音》，第十六章第二十二节），和未受洗礼的幼儿死后灵魂的净界是普通神学的概念；那里居住的是贤德的非天主教徒，按照弗朗切斯科·托拉卡的考证，是但丁的创造。诗人生不逢时，在回忆伟大的罗马中寻求逃避。他想在作品中加以颂扬，但不能不注意到——圭多·维塔利这么认为——过多地强调古典世界并不符合他著书立说的目的。但丁不能置教义于不顾而拯救他的英雄们，便在想象中把他们安置在阴曹地府，远在天堂上帝的视野和支配之外，对他们神秘的命运深表同情。几年后，当他想象木星天时，又回到了这个主题。薄伽丘认为，由于遭到流放，但丁写了《地狱篇》的第七歌后，中断了很长一个时期才接下去写第八歌：我接着很久以前的话题慢慢道来……[1]这句诗暗示或者证实这一点可能是真实的，但是有关城堡的一歌和后续各歌之间有很大区别。但丁在第五歌里借弗朗切斯卡·达·里米尼之口说了不少精彩绝伦的话；既然他早就想到了那种技巧，为什么不借亚里士多德、赫拉克利特或者俄耳甫斯之口写一些不朽的篇章呢？

1　原文为意大利文。

不论有意无意，他的缄默加深了恐怖感，并且贴合当时的情景。贝内德托·克罗齐指出："在那高贵的城堡里的大人物和贤人中间，干巴巴的信息取代了有克制的诗歌。钦佩、尊敬、忧伤等情感是表述而不是表现出来的。"(《但丁的诗歌》，一九二〇年）评论家们指出了城堡的中世纪建筑风格和古典居民之间的反差；这种糅合或者混乱正是当时绘画的特点，显然加深了场景的梦幻色彩。

但丁构思和撰写第四歌时策划了一系列情况，其中有的属于神学范畴。但丁熟读《埃涅阿斯纪》，他把死者安置在天堂或者极乐世界的中世纪的变体里；在开阔、敞亮、寥廓的地方[1]这句诗，让人忆起埃涅阿斯看到罗马人时的混乱和清朗的天国[2]。迫于教义需要，但丁不得不把高贵的城堡安置在地狱里。马里奥·罗西在诗的形式和意境、天堂般的直感和可怕的句子的冲突中发现了这一歌的内在的分歧和某些矛盾的根源。有一处说永恒的空中回荡着叹息声，另一处说居民脸上既无悲哀也无欢乐的表情。诗人的幻想力没有得到充分发

---

1 2 原文为意大利文。

挥。我们把那相对的笨拙归因于城堡及其居民或者囚徒的异样恐怖所引起的生硬。那个阒静的地点仿佛是令人伤心的蜡像陈列馆：披挂齐全但无所事事的恺撒，永远坐在她父亲身边的拉维尼亚[1]，知道明天将同今天和昨天一模一样，毫无变化。后来《炼狱篇》有一节说地狱里禁止诗人写作，他们的鬼魂只好探讨文学，打发永恒的时光[2]。

使城堡显得可怕的技术原因，也就是语言方面的原因，一经确定之后，便需要确定其内在的原因。上帝的神学家会说城堡缺了上帝就会显得恐怖。他也许会承认那同宣称尘世荣华均为镜花水月的三行诗句有相似之处：

> 四周一片岑寂，
>
> 只有一缕清风飘忽不定，
>
> 来也无名，去也无形。[3]

---

1 Lavinia，希腊神话中埃涅阿斯之妻。
2 焦贝蒂在《意大利人的道德与精神优势》(1840) 中写道：在《神曲》开头的篇章里，如同在整部史诗中一样，但丁"只是他所虚构的神话里的一个见证人而已"。——原注
3 原文为意大利文。

我还想指出一个个人方面的理由。在《神曲》的这一部分，荷马、贺拉斯、奥维德和卢坎是但丁的投影或者猜想，他知道自己的成就或能力都不亚于他们。但丁自视是一位著名诗人，可以预料，别人也将把他视作著名诗人，理应同他们平起平坐。那些受到尊敬的伟大鬼魂在自己的聚会中接纳了但丁：

> 仿佛把我引为同俦，
>
> 仿佛我是他们中间的一个。[1]

他们是但丁最初梦中的形象，还没有脱离梦幻者。他们不停地谈论文学（还能做什么别的事呢？）。他们读过了《伊利亚特》或者《法萨利亚》，或者在撰写《神曲》；他们都是文学巨匠，但是如今身处地狱，因为贝雅特里齐忘了他们。

1　原文为意大利文。

乌戈利诺的虚假问题

我没有看过（谁都没有看过）有关但丁的全部评论，但我觉得就《地狱篇》最后一歌的第七十五行诗来说，评论家们引起了一个混淆艺术和现实的问题。在那行诗里，比萨的乌戈利诺叙述了他的儿孙们饿死在监牢的情况之后，说是饥饿的力量大于痛苦。我必须把古时的评论家排除在这一指责之外，对他们来说，这句诗并不存在任何问题，因为他们无一例外地理解为把乌戈利诺置于死地的不是痛苦，而是饥饿。杰弗里·乔叟在概括坎特伯雷系列故事的插曲里也是这样理解的。

我们不妨回顾一下当时的情景。在第九层地狱的冰冷的底部，乌戈利诺没完没了地啃着鲁杰里·德利·乌巴尔迪尼的后颈，并在那个被打入地狱的人的毛发上擦他滴着血的嘴巴。他穷凶极恶啃吃着，头也不抬地说鲁杰里出卖了他，把他和他的儿孙们关进监牢。他从牢房的小窗多次看到月圆月缺，直到有一夜梦见鲁杰里带着饥饿的大猎犬在山坡上追逐一条狼和狼崽。拂晓时，他听到用木板钉死塔楼大门的锤击声。过了一天一夜，没有什么动静。乌戈利诺痛苦地咬自己的手；儿孙们以为他饿得难受，便让他吃他自己亲生的骨肉。第五六两天，他眼睁睁地看他们相继死去。接着，他眼睛看不见了，他对死者自言自语，痛哭流涕，在黑暗中触摸他们；最后，饥饿压倒了痛苦。

我介绍了早期的评论家们对这段话的解释。十四世纪的伊莫拉的兰巴尔迪[1]说："它想说明的是饥饿摧残了极端痛苦所未能压倒和杀死的人。"持有相同看法的现代评论家中有弗朗切斯科·托拉卡、圭多·维塔利和托马索·卡西尼。托拉卡从乌戈利诺的言语中听到的是惊愕和内疚，卡西尼补充说："现代的解释者异想天开，认为乌戈利诺最后吃了自己儿孙的

---

1 Benvenuto Rambaldi da Imola（约1320—1388），意大利历史学家、学者，也叫伊莫拉的本韦努托。

肉，这种猜测违反了自然和历史"，不值一驳。克罗齐的看法和他一样，认为两种解释中比较符合事实和比较可信的是传统的解释。比安基十分通情达理地解释说："别人认为乌戈利诺吃了他儿孙的肉，这种解释站不住脚，但也不能排除。"路易吉·彼得罗博诺（我在下面还要提到他的看法）说这句诗是故弄玄虚。

我在加入"无用的论争"之前，想花点时间谈谈儿孙们一致自愿献身的情节。他们请求为父的收回他生养的骨肉：

> ……你给了我们这身可怜的皮肉，
> 请你将它们剥夺。[1]

我觉得这番话会使听话的人越来越不舒服。德·桑克蒂斯（《意大利文学史》，第九章）赞扬但丁说他把毫不相干的形象连在一起；德·奥维迪奥承认"这种揭示儿孙感情冲动的卓越精炼的方式几乎化解了所有的批评"。我却认为这是

---

1 原文为意大利文。

《神曲》容许的极少几个虚假之处的一个。我觉得如果出自马尔韦齐的笔下，或者受到格拉西安的推崇，还情有可原，出现在《神曲》里未免说不过去。我要说的是，但丁不可能没有觉察到它的虚假，尤其是四个儿孙异口同声地请乌戈利诺拿他们的肉来充饥。有人暗示说，这是乌戈利诺为了替先前的罪孽辩解而撒的谎。

乌戈利诺·德拉·盖拉德斯卡是否在一二八九年二月初吃过人肉的历史问题显然无法解决[1]。至于美学或者文学问题，性质则完全不同。可以这么提问：但丁是否希望我们认为乌戈利诺（《地狱篇》里的，并非历史上的乌戈利诺）吃了他儿孙的肉？我试着这样回答：但丁不希望我们这样想，但希望我们这样猜[2]。模糊正是他计划的一部分。乌戈利诺啃咬着大主教的头颅；乌戈利诺梦见尖牙利齿的狗撕裂狼的胁腹。乌戈利诺痛苦地啃咬自己的手，乌戈利诺听到儿孙们令人难以

---

1 1289 年，比萨伯爵乌戈利诺和二子二孙一起被幽禁在瓜兰迪塔，活活饿死。

2 路易吉·彼得罗博诺（《地狱篇》，第 47 页）指出："饥饿没有肯定乌戈利诺的罪孽，但在不损害艺术或历史准确性的条件下让人猜测到他的罪孽。我们把它当做可能就行了。"——原注

置信地请求他吃他们的肉；乌戈利诺念出那句意义含糊的诗后又去啃大主教的头颅。这些举动暗示或者象征可怕的事情。它们有双重作用：我们认为是故事的一部分，同时又是预言。

罗伯特·路易斯·斯蒂文森（《伦理研究》，第一百一十页）指出一本书中的人物是由一连串言词构成；听来似乎荒唐，其实阿喀琉斯和培尔·金特，鲁滨孙·克鲁索和堂吉诃德都是如此。不可一世的人物也是如此，亚历山大大帝是一连串言词，阿提拉也是。我们必须说乌戈利诺是由三十来节三行诗组成的言词结构，那么是否应该把食人的概念也包括在内呢？我再说一遍，尽管怀有疑虑，我们必须觉得有这种可能。乌戈利诺的滔天罪孽比否定或肯定更可怕。

"书由言词构成"这一观点像是平淡无奇的、不说自明的道理。然而，我们都倾向于认为形式可以脱离本质，同亨利·詹姆斯交谈十分钟后，我们就会看到"把螺丝再拧紧一下"的真正理由。我认为事实并非如此；但丁对乌戈利诺的了解不会超过他的三行诗的内容。叔本华宣称，他的主要作品的第一卷只包含一个思想，但要传达那个思想时，除了用整整一卷的篇幅之外，找不到更简洁的办法。与此相反，但丁会说他对乌戈利诺的全部想象都包含在那些有争议的三行诗里。

在真实时间里，在历史上，每当人们面对不同选择时，只取其一，排除并且抛弃了其余的选择；艺术的模糊不清的时间却不同，它像是期待或者遗忘的时间。在那种时间里，哈姆雷特既理智又疯狂[1]。乌戈利诺在他饥饿之塔的黑暗中既吞噬又没有吞噬亲人的尸体，那种摇摆的不明确性正是构成他的奇特的材料。因此，但丁梦见了两种可能的弥留的痛苦，后代也将这样梦见。

1　出于好奇，我们不妨回忆两个著名的含糊例子。其一是克维多的"血红的月亮"，它既是战场上的月亮又是奥斯曼帝国的旗帜；其二是莎士比亚第107首十四行诗中的"不免一死的月亮"，它既是天上的月亮又是伊丽莎白女王。——原注

尤利西斯的最后一次航行

    我的意图是参考《神曲》的其他篇章对但丁借尤利西斯之口叙说的费解的故事(《地狱篇》,第二十六歌第九十至一百四十二行)加以重新考虑。在惩罚弄虚作假的人的那层破败的地狱里,尤利西斯和狄俄墨德斯在一堆分成两叉的火上没完没了地燃烧。应维吉尔之请,尤利西斯叙说了他丧命的经过:他被女神喀耳刻在加埃塔岛上扣留了一年多,脱身后,儿子的亲热、老父拉厄耳忒斯的怜惜和妻子珀涅罗珀的情意都打消不了他周游世界、了解人类缺点和美德的渴望。他乘上他最后的一条船,带着所剩无几的忠实的水手,向远海驶去;他们都上了年纪,好不容易才到了赫拉克勒斯劈开山岩形成的海峡。他用神激发雄心或勇气的方式,敦促伙伴们说，他们来日无多了，应该去看看无人的世界和地球背面无人航行过的海洋。他要他们记住自己的身世，记住他们不应该像野兽那样懵懵懂懂地生活，而应该追求美德和知识。他们先向西，然后向南驶去，看到了南半球所能看到的全部星座。他们在海上航行了五个月，一天终于眺望到一座棕褐色的山，山的高大是他们从未见过，大家精神为之一振。但他们的高兴很快就变成痛苦，因为风暴突起，吹得他们的船打了三个旋，第四个旋时，如上帝所愿，船沉了下去，海水淹没了他们。

这就是尤利西斯的故事。许多评论家——从佛罗伦萨的无名氏到拉法埃莱·安德烈奥利——认为它是作者的离题话。他们认为弄虚作假的尤利西斯和狄俄墨德斯在惩罚弄虚作假者的地狱里遭受折磨（在火焰中呻吟／仿佛陷入骑兵的伏击……[1]），尤利西斯的航行无非是一个修饰性的插曲。托马塞奥却引用了《上帝的臣民》里的一段话，也可以引用亚历山大的克雷芒否认人们能到达地球内部的另一段话；卡西尼

1　原文为意大利文。

和彼得罗博诺后来把那次航行说成是亵渎神明。事实上，那位希腊人在堕入地狱之前望见的大山是凡人无缘看到的炼狱里的圣山（《炼狱篇》，第一歌第一百三十至一百三十二行）。胡戈·弗里德里希正确地指出："航行以灾难告终，那不仅是水手的归宿，并且是上帝的决定。"（《地狱里的奥德修斯》，柏林，一九四二年）

尤利西斯把他的事业说成是荒唐；《天国篇》第二十七歌提到尤利西斯荒唐的横渡。但丁在黑暗的丛林里把这个形容词用于维吉尔可怕的邀请，重复是经过一番深思熟虑的。当但丁踏上尤利西斯死前隐约看到的海滩时，他说谁都没有到达那些洋面而生还的；接着又说，如上帝所愿，维吉尔替他戴上灯芯草的花冠：那句话和尤利西斯宣布自己的悲惨结局时所说的一模一样。卡洛·施泰纳写道："但丁是否想到了海滩已经在望时遭到海难的尤利西斯？显然想到了。但是尤利西斯相信自己的力量，他向人力的极限挑战，企图抵达海岸。但丁，另一个尤利西斯，以胜利者的姿态和谦恭的心情踏上海滩，指引他的不是高傲而是天恩照耀的理智。"奥古斯特·吕埃格重复了那种意见（《但丁浮想联翩》，第二卷第一百一十四页）："但丁是个冒险家，他像尤利西斯一样，走上前人未曾走过的道路，游历了前人未曾见过的世界，他追求最艰难、最遥远的目标。但是对比到此为止。尤利西斯自行其是，从事被禁止的冒险；但丁却听从更高力量的指引。"

《神曲》里两个著名的情节证实了上述差别。一个是但丁觉得自己不配去参观三个超俗世界（我不是埃涅阿斯，也不是保罗[1]），而维吉尔宣布了贝雅特里齐交付他的任务；另一个是卡恰圭达建议出版长诗（《天国篇》，第十七歌第一百至一百四十二行）。在这些证据前面，把但丁的享见天主和催生人间最佳书籍的漫游，同尤利西斯到达地狱的亵渎神圣的冒险相提并论，未免不很恰当。后一行动似乎同前一行动完全相反。

这种论据包含着一个谬误。尤利西斯的行动无疑是尤利西斯的航行，因为尤利西斯只不过是声明自己要采取的那个行动的主体，可是但丁的行动或者事业并不是但丁的航行，而是撰写他的书。事实很明显，但容易忘掉，因为《神曲》

1　原文为意大利文。

是用第一人称写的，死去的人被不朽的主人公淡化了。但丁是神学家；对他来说，写作《神曲》的艰难程度，甚至冒险和致命的程度，往往并不亚于尤利西斯的最后一次航行。他大胆地编造了圣灵的笔从未指出过的神秘；这种企图很可能形成罪孽。他大胆地把贝雅特里齐·波尔蒂纳里同圣母和耶稣相比[1]。他大胆地预测了好心人无法探知的最后审判的意见；他审判了买卖圣职的教皇的灵魂，拯救了提出循环时间学说的阿威罗伊派的西格尔的灵魂[2]。荣耀无非是过眼烟云，但争取荣耀有多么艰辛！

> 四周一片岑寂，
>
> 只有一缕清风飘忽不定，
>
> 来也无名，去也无形。

那种分歧的无可置疑的痕迹在诗中随处可见。卡洛·施泰纳在维吉尔打消但丁的畏惧、劝说他进行前所未闻的游历

1 参见乔瓦尼·帕皮尼《活生生的但丁》，第 3 卷第 34 页。——原注
2 参见莫里斯·德·伍尔夫《中世纪哲学史》。——原注

的对话里辨出了其中之一。施泰纳写道："当但丁还没有决定写作长诗时，臆想中发生在维吉尔身上的斗争，确实发生在但丁心中。《天国篇》第十七歌的另一个斗争涉及长诗的出版。作品完成后，他能够出版并顶住敌人们的愤怒吗？在这两件事情里，占上风的是他对自己的勇气和树立的崇高目的的意识。"（《神曲》，第十五页）但丁很可能在那些章节里用象征手法表现了内心斗争；我认为他在尤利西斯的悲剧故事里，或许出于无意和不自知，也象征了这一斗争，故事的震撼力正来自情感的重负。但丁即尤利西斯，从某种程度上说，他可能为但丁所受的惩罚感到担心。

最后再说一点。两部对海洋和但丁有偏爱的英语文学作品受到但丁的尤利西斯某些影响。艾略特（他之前还有安德鲁·兰和朗费罗）暗示说丁尼生的值得赞美的诗篇《尤利西斯》深受那个光荣的典型的影响。据我所知，还没有谁指出一个更深刻的相似之处：地狱里的尤利西斯同另一个不幸的船长，《白鲸》里的埃哈伯，惊人地相似。埃哈伯和尤利西斯一样，锲而不舍地、勇敢地制造了自己的灭亡；故事梗概相同，结局相同，最后的一些话也一模一样。叔本华曾说，我们生活里没有不自觉的事。按照这一绝妙的见解，两个虚构故事都是隐秘而错综复杂的自杀过程。

一九八一年后记

有人说，但丁的尤利西斯预示了几世纪后到达美洲和印度海岸的著名探险家们。写作《神曲》前几世纪已经有过这种人。红头发埃里克在九八五年前后发现了格陵兰；他的儿子莱夫十一世纪初在加拿大登陆。但丁不可能知道这些事情。斯堪的纳维亚人的事情总是很神秘，仿佛是一个梦。

仁慈的刽子手

　　但丁（谁都知道）把弗朗切斯卡安置在地狱里，怀着无限怜悯听她叙说自己的罪孽。怎么冲淡那种不一致，怎么加以解释呢？我作出四种可能的猜测。

　　第一种猜测是技术性的。作品的大致轮廓一经确定之后，但丁觉得如果沉沦的灵魂的忏悔不能引起人们兴趣，全书可能降为一部空洞的人名录或者地形描写。这种想法促使他在每一层地狱里安置一个不太古老的、能引起兴趣的、被打入地狱的人（拉马丁被这些地狱居民搞得厌烦了，说《神曲》是一份佛罗伦萨报纸）。忏悔当然以动人为好；这一点可以做到而不担风险，因为作者把叙说的人禁锢在地狱里，绝对没有同谋之嫌。这种猜测（克罗齐推论出作者意图是在枯燥乏味的神学小说基础上创造出诗意的境界）或许是最可信的，但有点小家子气，不符合我们对但丁的看法。此外，对《神曲》这样博大精深的作品不能做简单的解释。

第二种猜测，按照荣格的学说[1]，把文学创作同梦的虚构等同起来。但丁如今成了我们的梦，他梦见了弗朗切斯卡所受的惩罚和痛苦。叔本华指出，我们的所闻所见可能在梦中使我们感到惊异，虽然说到头它的根子仍在我们身上；同样地，但丁怜悯他自己在梦中看到或者虚构的事物。还可以说，弗朗切斯卡只是诗人的反映，作为地狱游客的但丁本人也是如此。然而，我觉得这个猜测是站不住脚的，因为认为书梦同根是一回事，在书中容忍梦中的不连贯性和不负责任又是一回事。

---

1 古典作品里往往把梦喻为舞台演出。例如，贡戈拉的题为《多样的想象》的十四行诗（"梦是舞台演出的编剧／在它搭在风上的舞台／往往把影子装扮得花枝招展"）；克维多的《死之梦》（"灵魂摆脱羁绊后无所事事，没有感知外界的任务，于是后面的喜剧涌上心头；我的心力便粉墨登场，我成了我幻想中的观众和舞台"）。约瑟夫·艾迪生在《旁观者》第487期的文章（"在梦中，灵魂既是舞台、演员，又是观众"）。几世纪前，泛神论者欧玛尔·海亚姆写了一首诗，麦卡锡是这样翻译的："你时而躲了起来，无人知晓；时而在臆造的事物中到处展现。你自得其乐，作了精彩的演出，既是节目，又是观众。"——原注

第三种猜测和第一种一样，也是技术性的。但丁在写作《神曲》的过程中不得不预测上帝的不可探知的决定。除了自己可能犯错误的智力以外，没有其他启示，他便果断地对最后审判的某些意见进行猜测。即使作为文学虚构，他判决了教皇切莱斯廷五世，拯救了维护永恒回归的星占学说的布拉班特的西格尔。

为了掩饰那一行动，他在地狱里把公正界定给上帝，把理解和怜悯留给自己。他丧失了弗朗切斯卡，为之哀悼。克罗齐说："作为神学家、信徒和讲伦理道德的人，但丁谴责了罪人，但从情感上来说，他既不谴责，也不宽恕。"[1]（《但丁的诗歌》，第七十八页）

第四种猜测不很具体。为了便于理解，首先要进行一些探讨。我们不妨考虑两个命题：其一，凶手应判处死刑；其二，罗季昂·拉斯柯尔尼科夫应判处死刑。毫无疑问，两个命题并非同义。不可思议的是，原因不在于凶手是具体的人，

---

1 安德鲁·兰说，大仲马让他笔下的三个火枪手之一波尔托斯死去时竟失声痛哭。同样地，当阿隆索·吉哈诺死时，我们也感到了塞万提斯的激动："他就这样在亲友的悲泣和泪水中灵魂飞升了，我是说，他死了。"——原注

而拉斯柯尔尼科夫是抽象的或者幻想中的，情况恰恰相反。凶手的概念仅仅是一种概括；对于看过《罪与罚》这部小说的人来说，拉斯柯尔尼科夫是个真正的人。严格说来，现实生活中没有凶手；只有笨拙的语言把他们归纳为那个不明确的群体中的个人。（其实那就是洛色林和奥康姆的唯名论学说。）换句话说，看过陀思妥耶夫斯基的小说的人从某种意义上说就是拉斯柯尔尼科夫，并且知道他的"罪行"不是无约束的，因为一张不可避免的情况的网预先决定了罪行，强加在他身上。杀人的人不是凶手，偷盗的人不是贼，撒谎的人不是骗子；被判罪的人知道这一点（更确切地说，感到这一点）；总之，公正的惩罚是没有的。应该判处死刑的是法律臆造的"凶手"，而不是那个由他过去的历史以及——哦，拉普拉斯侯爵[1]！——或许由宇宙史决定的杀了人的倒霉鬼。斯塔尔夫人用一句名言概括了这些论据：理解一切就是宽恕一切[2]。

但丁以微妙的怜悯心情谈到弗朗切斯卡那令人们都觉得

1　Pierre-Simon de Laplace（1749—1827），法国天文学家、数学家，和康德同时提出宇宙起源的星云假说。

2　原文为法文。

不可避免的罪孽。作为诗人的但丁肯定有此同感，尽管作为神学家的但丁在《炼狱篇》（第十六歌第七十行）里推断说，如果我们的行为受星象的影响，那么意志就形同虚设，褒善惩恶也就不公正了。[1]

但丁理解而不宽恕；这就是无法解决的矛盾。我认为他的解决方法超越了逻辑范畴。他感到（不是理解）人们的行为有必然性，人们行为招致的永恒性，无论是福是祸，也是必然的。斯宾诺莎派和斯多葛派也宣扬道德法则。更不必提加尔文了，他的"上帝的裁决是绝对的"，哪些人下地狱，哪些人登天国是命中注定的。我在萨尔的论《古兰经》的序言里看到，有一个伊斯兰教派也赞成那个意见。

可以看到，第四种猜测并没有破解问题。它只是有力地提出了问题。其余的猜测是合乎逻辑的；这个虽不合逻辑，但我认为绝对是符合事实的。

1　参看《论君主制度》，第 1 章第 14 节；《炼狱篇》，第 18 歌第 73 行；《天国篇》，第 5 歌第 19 行。更具说服力的是第 31 歌的名句：你把我从奴役状态引到了自由境界（《天国篇》，第 85 行）。——原注

但丁和有幻觉的盎格鲁－撒克逊人

但丁在《天国篇》第十歌里说，当他登上太阳圈时，看到那颗行星——根据但丁的布局，太阳是颗行星——的圆面上有十二位神组成的炽烈的光环，比衬托他们的光焰更璀璨夺目。第一位是圣托马斯·阿奎那，他报了其他各位的姓名；第七位是比德。评论家解释说，那就是可敬者比德，英格兰贾罗修道院的执事，《英格兰人教会史》的作者。

尽管书名标以"教会"，编写于八世纪的那第一部英格兰历史超越了宗教范围。它是一位精心研究和有学问的人的带有个人感情色彩的作品。比德精通拉丁文，懂得希腊文，笔下往往自发地引用维吉尔的诗句。他兴趣广泛：宇宙史、《圣经》诠释、音乐、修辞手段[1]、正字法、记数法、自然科学、神学、拉丁诗歌和本地诗歌无不涉猎。然而，有一点他故意保持沉默。记载传教士们顽强地把基督教义强加于英格兰的日耳曼王国的历史时，比德为撒克逊人的非基督教文化所做的事，原可以和五百来年后斯诺里·斯图鲁松为斯堪的纳维亚的非基督教文化所做的事相同。在不背弃作品的虔诚宗旨的原则下，他原可以介绍或者概述他先辈们的神话传说。但他没有那么做。道理很明显：日耳曼人的宗教或神话传说行之不远。比德希望把它忘掉；也希望他的英格兰把它忘掉。我们永远不会知道是否有一个黎明在等待亨吉斯特所崇拜的神道，也不知道太阳和月亮被狼吞食的可怕的那天，是否有一条用死人指甲建成的船从冰封的地域驶出。我们永远不会知道那些被遗忘的神道是否组成一个万神殿，或者如吉本猜想的那样，只是野蛮人模糊的迷信。除了皇族家谱上 cujus pater Voden（始祖沃登，子孙永记）那行惯用的文字和记叙那位替耶稣建了一个大祭坛、替魔鬼建了一个小祭坛的谨小

1　比德在《圣经》里寻找修辞手段的例子。涉及以局部代全部的举隅法时，他以《约翰福音》第一章第十四节为例："道成了肉身……"事实上，道非但成了肉身，还成了骨骼、软骨、水和血。——原注

慎微的国王之外，比德没有留下任何可以满足后代日耳曼语言文化学者的好奇心的记载。相反的是，他偏离了正统编年学的做法，记载了预先展示但丁作品的超尘世的幻象。

我们可以举个例子。比德说，爱尔兰苦行僧福尔西让不少撒克逊人皈依了基督教。他有一次生病，灵魂被天使挟持，上了天国。升腾时，看到四堆相距不远的火映红了漆黑的天空。天使们解释说，那些火将焚毁世界，它们的名称分别是不和、不公、虚妄和贪婪。火堆越烧越大，汇成一片，向他逼近；福尔西害怕了，但是天使们说："不由你燃起的火是不会烧灼你的。"果然，天使们拨开火焰，福尔西到了天国，看到了各种奇异的事物。返回地面的途中，火焰又一次向他逼来，魔鬼抓起火里一个被打入地狱的人的炽热的灵魂向他掷来，灼伤了他的右肩和下巴。一位天使对他说："你点燃的火现在灼伤了你。你在世时曾接受一个罪人的衣服；惩罚如今落到了你身上。"福尔西在幻觉中受伤留下的疤痕至死没有消退。

另一个幻觉是诺森布里亚一个名叫德里克塞姆的人看到的。他病了几天，一天傍晚断了气，第二天清早突然又醒了过来。他的妻子正守在旁边，德里克塞姆告诉妻子，他确实是死而复生的，今后他要过一种完全不同的生活。他祈祷后，把财产分成三份，一份给了妻子，第二份给了子女，第三份散发给穷苦人。他向亲友们告别之后，隐居在一座修道院里，过着十分清苦的生活，证明他死去那晚看到的值得向往的或者令人害怕的情况，他经常对人说："带领我去的人脸上发光，衣服闪亮。我们默默走着，我觉得是朝东北方向。我们到了一个又深又宽、一眼望不到边的山谷，左面是火，右面是旋舞的冰雹和雪花。暴风雪把许许多多受罚的灵魂吹得东倒西歪，身上着了火而又扑灭不了的可怜虫给投进冰冷的风雪里，没完没了地来回折腾。我想那些酷烈的地方大概就是地狱，但是向导天使对我说：'你还没有到地狱。'我们继续向前走去，四周越来越黑，除了向导天使的光亮外，我什么都看不到。无数黑色的火球从一个深渊升腾上来又落下去。我的向导不见了，我一个人留在充满灵魂的上下翻滚的火球中间。深渊里冒出一股臭气。我吓呆了，动弹不得，过了一段似乎没有尽头的漫长时间后，我听到背后传来悲伤的哭泣和刺耳的哄笑，好像一群暴民在戏弄被俘的敌人。兴高采烈而穷凶极恶的魔鬼把五个人的灵魂拖到黑暗的中心，一个像修士似的剃光了头顶，另一个是妇女。他们坠入深渊不见了；人的哀号和鬼的哄笑混成一片，在我耳边回响了好久。火焰深处冒出来的黑色鬼魂把我团团围住，虽然不敢碰我，但他们的眼神和身上的火焰着实让我胆战心惊。我在敌人和黑暗的围困下不知如何是好。我望到一颗星来近，逐渐变大。魔鬼四散奔逃，我这才看清那颗星是向导我的天使。他朝右拐弯，我们向南走去。我们从暗地到了明处，再从明处到了光线下，我发现一堵高不见顶、长不见两头的大墙。墙上没有门，也没有窗，我不明白我们为什么来到墙脚下。突然间，不知怎么搞的，我们已到了墙头，我看到一片开阔的草地，繁花似锦，芳香驱散了地狱的臭气。草地上有许多穿白衣服的人；向导带我穿过人群，我心想，那大概就是久负盛名的天国了，可是向导对我说：'你还没有到天国。'远处有一个光彩夺目的地方，亮光中传出人的歌声和比先前更浓郁的芳香。我认为我们要进入那个美妙的地点时，向导止住了我，让我循原路返回。他后来告诉我，那个冰雪和火焰的山谷是炼狱；深渊是地狱口；草地是正直的人等待最后审判的场所，乐声悠扬和光线明亮的地方是天国。他接着吩咐我说：'你现在回你自己的躯壳，重新在人们中间生活，我告诉你，如果你活得堂堂正正，你会在草地上有一席之地，然后可以进天国，刚才我让你独自待了一会儿是为了问一下你今后的去向。'我虽然不很愿意再回这副躯壳，但我不敢多言语，便在世间活了过来。"

我刚才转述的故事里有一些使人想起——应该说预先展示——但丁作品其他章节的东西。修士不会遭到不是他点燃的火焰灼伤；同样地，贝雅特里齐也不会遭到地狱之火的侵害。

那个仿佛无边无际的山谷右面，冰雪风暴惩罚被打入地狱的人；地狱的第三层里，生前寻欢作乐的人遭受同样的惩罚。天使暂时离开时，诺森布里亚人不知如何是好；维吉尔暂时抛下但丁时，但丁也手足无措。德里克塞姆莫名其妙地上了墙头；但丁不知怎么才能渡过伤心惨目的冥河。

这些互相呼应的地方不胜枚举，但更引人入胜的是比德穿插在故事里的情节，使超尘世的幻象显得特别可信。我只消指出不消退的伤疤、猜出人的无言心思的天使、交织的哄笑和哭声、看到幻觉的人面对高墙时的困惑这几处就够了。也许是口头文学把那些特点带到了历史学家的笔下；可以肯定的是那些特点已经包含了但丁特有的个人情感和神奇事物的结合，和寓意文学的习惯毫不相干。

但丁有没有看过《英格兰人教会史》呢？很可能没有。神学家的名单里收进了比德这个名字（两个音节很适合诗歌），从逻辑角度考虑，并不能证明什么。中世纪的人们相互信任；不一定要看过那位有学问的盎格鲁-撒克逊人的著作之后才承认他的权威，正如不一定要看过荷马的诗歌（他使用的语言几乎不为人所知）之后才知道荷马是奥维德、卢坎和贺拉斯的先驱。还可以指出一点。对于我们来说，比德是英格兰的历史学家；对于中世纪的读者来说，他是《圣经》的诠释者、修辞学家和编年史家。当时并不太出名的英格兰的一部历史书没有特别吸引但丁的理由。

但丁是否了解比德所记载的幻象并不重要，重要的是他把那些幻象收进了他的历史作品里，认为它们值得传诸后世。像《神曲》那样伟大的作品不是个人一时心血来潮、忽发的奇想，后代许多人都为之倾倒。研究它的先导并不是一项法律或侦破性质的工作；而是调查人类精神的运动、尝试、冒险、迹象和预兆。

《炼狱篇》第一歌第十三行

正如所有的抽象词一样，"比喻"一词本身就是比喻，它在希腊文里有转移之意。一般说来，它由两部分组成：一部分暂时转换为另一部分。比如说，撒克逊人把海洋称为"鲸鱼之路"或者"天鹅之路"。在前一个例子里，鲸鱼的庞大转换为海洋的浩瀚；在后一个例子里，娇小的天鹅和辽阔的海洋形成对比。我们永远不会知道想出那些比喻的人是否注意到其中的关联。《地狱篇》第一歌第六十行有这么一句：太阳沉默的地方[1]。

"太阳沉默的地方"，听觉动词表现了视觉形象。我们不妨再举《埃涅阿斯纪》里那句著名的六韵步诗为例：a Tenedo，tacitae per amica silentia lunae（在柔和宁静的月光下，博兹贾阿达岛陷入沉默）。

除了两部分的融合之外，我现在想探讨的是三句奇特
的诗。

一句是《炼狱篇》第一歌第十三行：东方蓝宝石的优美颜色[2]。

布蒂指出蓝宝石的颜色介于天蓝和碧蓝之间，非常悦目，
东方蓝宝石产于中东地区。

但丁在上述诗句中用蓝宝石让人联想到东方的色彩，而
宝石的名称里已包含东方。他采取了一种前后呼应的手法，
可以无限制地延伸开去[3]。

拜伦在《希伯来旋律》（一八一五年）里创造了一个相似
的手法："她款款而行，像夜晚那么端庄。"[4]

---

1 2 原文为意大利文。
3 贡戈拉的《孤独》一诗首节写道：
　　那是一年中百花盛开的季节
　　欧洲巧取豪夺的骗子，
　　前额的武器像是新月
　　头发的光芒像是太阳
　　天空闪亮的荣耀，
　　在蓝宝石的田野放牧星辰。
《炼狱篇》的诗句很纤巧，《孤独》的诗句故作张扬。——原注
4 原文为英文。

"款款而行，像夜晚那么端庄"，读者理解这句诗时必须想象一位身材高挑、皮肤黝黑的妇女像夜晚那么行进，而夜晚又是高挑黝黑的妇女，如此循环往复[1]。

第三个例子是罗伯特·勃朗宁的诗句，包含在他的长篇诗剧《指环和书》（一八六八年）的献词里："哦，抒情的爱，半是天使，半是飞鸟……"[2]

诗人指的是他去世的妻子伊丽莎白·巴雷特，因此有半是天使半是飞鸟之说，天使已经半是飞鸟，而他还想无休无止地细分下去。

我不知道这些信手拈来的例子是否可以包括弥尔顿那句有争议的诗（《失乐园》，第四卷第三百二十三行）："……她女儿中间最美的那个：夏娃。"[3]

"……她女儿中间最美的那个：夏娃"，在理性方面，这句诗是荒谬的，但是在想象力方面，也许不然。

---

1 波德莱尔在《沉思》一诗中写道："听啊，我亲爱的，听啊，夜晚温柔的脚步声。"夜晚寂静的进程是听不到的。——原注
2 3 原文为英文。

大　鹏　和　鹰

从文学角度考虑，一个由别的生物组成的生物，比如，一只由鸟组成的鸟，能产生什么概念呢[1]？这种问题引来的答案如果不令人不快，似乎至少是浅薄的。有人会说，准是庞大可怕的怪物[2]，长了许多羽毛、眼睛、舌头和耳朵，就是《埃涅阿斯纪》第四卷里的名望（更确切地说，是丑闻或谣言）的象征，或者是《利维坦》[3]扉页上由许多人组成的、手持剑和牧杖的奇特的国王。弗朗西斯·培根（《随笔集》，一六二五年）赞扬第一个形象；乔叟和莎士比亚也有同感；如今谁都不会认为它远远胜过"险恶的冥河"的形象，根据《通达的幻象》里五十多篇文稿的记载，被打入地狱的人在冥河的弯道里受狗、熊、狮、狼和蝰蛇的折磨。

由别的生物组成一个生物的抽象概念似乎没有好的预兆，然而令人难以置信的是西方文学和东方文学里各有一个值得回味的形象与之呼应。本文目的就是描述那些怪异的臆造。一个来自意大利；另一个来自伊朗的内沙布尔。

第一个见于《天国篇》第十八歌。但丁漫游天穹的同心圆圈时，注意到贝雅特里齐的眼神显得无比幸福，容光格外焕发，便知道他们已从橙黄的火星天到了木星天。在那个白光普照的辽阔空间，天使们飞翔歌唱，连续组成 Diligite justitiam（崇尚公正）的字母和一个鹰头，鹰头的模样尘世罕见，只能直接出于上帝之手。然后，鹰的全身闪亮呈现，由千百个公正的国王组成；他们说话时异口同声，这本是天国明显的象征，他们自称"我"而不是"我们"（《天国篇》，

---

1 相似地，莱布尼茨在《单子论》（1714）里说宇宙是较小的宇宙组成的，这些小宇宙包含了大宇宙，循环往复，直至无限。——原注

2 原文为拉丁文。

3 原是《圣经》里一种海蛇之类的怪兽，《旧约·诗篇》第 104 章第 25、26 节：
"那里有海，又大又广，其中有无数的动物，大小活物都有。那里有船行走。有你所造的鳄鱼游泳在其中。"这里的"鳄鱼"原文即"利维坦"（Leviatan）。英国哲学家霍布斯（1588—1679）于 1651 年出版的论国家组织的著作，书名取《利维坦，或宗教与政治国家的实质、形式与权力》。

第十九歌第十一行）。一个古老的问题使但丁感到困惑：有一位诞生在印度河畔的终身行善积德的人，对耶稣一无所知，他没有信奉基督，因而受到上帝的谴责，是不是不公正呢？鹰以符合神示的暧昧态度作了回答；责怪那个放肆的问题，重申对救世主的信仰是必不可少的，并说正直的异教徒中间有些人也可以修得正果。它断言那些好人中间有图拉真和里菲乌斯[1]，前者在耶稣之前，后者在耶稣之后[2]。（鹰的幻象在十四世纪固然极好，到了二十世纪也许有点逊色，因为二十世纪把闪亮的鹰和高空带火焰的字母用于商业宣传。参见切斯特顿：《我在美国的见闻》，一九二二年。）

要说有谁塑造了比《神曲》里更伟大的形象当然似乎难以置信，但是这种事情确实发生过。早在但丁构思鹰的象征

---

1 Ripheus，维吉尔在《埃涅阿斯纪》（第 2 卷第 426 行）中高度赞扬的正直的特洛伊人，也是但丁允许进入天国的两个异教徒之一（《天国篇》，第 20 歌第 67 行）。

2 蓬佩奥·文图里不赞同选中里菲乌斯。此前，里菲乌斯只在《埃涅阿斯纪》一些诗句中出现（第 2 卷第 339、426 行）。维吉尔称他为最正直的特洛伊人，谈到他的结局时简单地一笔带过：Dies aliter visum（神们另有定论）。别的文学作品中从未提过他。或许但丁因他的身世不明才选他作为象征。参见卡西尼（1921）和圭多·维塔利（1943）的评论。——原注

一世纪前，苏菲派的波斯人法里德·奥丁·阿塔尔想出了怪异的大鹏（三十鸟），实际上矫正并涵盖了鹰的象征。法里德·奥丁·阿塔尔出生在盛产绿松石和宝剑的内沙布尔[1]。在波斯文中，"阿塔尔"是药商的意思。《诗人纪事》提到他确实经营一家药铺。一天下午，来了一个托钵僧，瞅着药铺里的那些瓶瓶罐罐，哭了起来。阿塔尔莫名其妙，请他出去。托钵僧回说："我身无长物，说走就走，没有牵挂。你如舍弃我所看到的这些财宝可不容易。"阿塔尔听了这话，像闻到樟脑似的心头直冒凉气。托钵僧走了，第二天，阿塔尔抛下他的铺子和尘世的一切，飘然离去。

他去麦加朝圣，穿越埃及、叙利亚、突厥斯坦和印度斯坦北部。返回后，专心修行，从事文学创作。他留下了两万组对句：汇编的集子有《夜莺记》、《苦难记》、《格言集》、《神记》、《神知集》、《圣徒纪事》、《国王与玫瑰》、《奇迹的宣言》，以及那本奇特的《鸟儿大会》。据说他活了一百一十岁，他在世的最后几年里，抛弃了尘世所有的乐趣，包括写

---

[1] 《两洋的汇合》的作者卡蒂比声称："我和阿塔尔都来自内沙布尔的花园，但我是内沙布尔的花刺，他是玫瑰。"——原注

诗。成吉思汗的儿子拖雷麾下的士兵杀了他。《鸟儿大会》全书围绕着我所提到的巨大形象而展开。诗中的故事是这样的:

远古的鸟王,大鹏,在中国中部掉下一根美丽的羽毛;众鸟厌烦了长期以来的混乱状态,决心前去寻找。它们知道鸟王名字的意思是三十鸟;还知道它的王宫在围绕地球的环山卡夫之上。

众鸟开始了那项几乎没有边际的冒险行动;它们飞越了七个山谷或七个海洋;倒数第二个叫"眩晕";最后一个叫"毁灭"。许多朝圣者半途而废;另一些送了命。三十只鸟经过艰苦历程的净化,到了大鹏山。终于亲眼看到了;它们发觉自己就是大鹏,大鹏就是它们中间的每一个,又是它们全体。大鹏包含了三十只鸟,每一只鸟都是大鹏 [1]。(普罗提诺在《九章集》第五卷第八章第四节里把同一性的原则作了天国的延伸:"在理性的天国,一切存在于各处。任何事物是一切事

---

[1] 西尔维娜·奥坎波(《诗的空间》,第十二首)用诗写下那个故事:
    那只庞大镜子似的鸟是神,
    它包含一切,不仅是反映,
    它的羽毛里可以找到每只鸟的羽毛,
    它的眼睛里含有记忆羽毛的眼睛。
                   ——原注

物。太阳是所有的星辰，每一颗星辰也是所有的星辰，同时又是所有的星辰和太阳。")

鹰和大鹏之间的不同并不像表面看来那么不明显。鹰无非是不可信而已，大鹏却是不可能的。组成大鹏的个体并没有消失（大卫成了瞳仁，图拉真、希西家和君士坦丁成了眉毛），望着大鹏的众鸟也是大鹏。鹰是暂时的象征，正如先前的字母一样，描绘它的人还是原来的人；无处不在的大鹏是错综复杂的。鹰后面是以色列和罗马的神，魔法似的大鹏后面是泛神论。

最后还有一点说明。大鹏寓言想象力之丰富是显而易见的，它的合理和严谨的布局虽不十分突出，但相当真实。朝圣者寻找一个未知的目标，这个直到最后才透露的目标使人惊异，但没有成为或者像是画蛇添足。作者以典雅的手法解决了难题，巧妙地让寻找者成了寻找的目标。大卫是拿单讲给他听的故事里的隐秘的主人公（《旧约·撒母耳记下》，第十二章）；德·昆西猜到解决底比斯的斯芬克司之谜的是俄狄浦斯，而不是一般的人，这两个例子都属于同一类型。

梦 中 邂 逅

　　但丁经历了地狱各层和炼狱艰难的台阶后，终于在地上天国见到了贝雅特里齐。据奥扎纳姆推测，这一场景（无疑是文学作品中最令人惊异的场景之一）是《神曲》的原始核心。我想谈谈这个问题，把诠释者的见解概括一下，并从心理学的角度提出一点或许有新意的看法。

　　一三〇〇年四月十三日早晨，结束旅程的前一天，但丁料理好一切事务，准备进入坐落在炼狱顶端的地上天国。他见过暂时和永恒的火，穿过火墙，享有自由意志，问心无愧。维吉尔替他戴上了法冠，把他推了上去。他循着古老花园的小径，来到一条小河边，虽然四周树木郁郁葱葱，透不进一丝月光或阳光，但仍能看到清澈无比的河水。空中飘扬着乐声，对岸有一支神秘的游行队伍。为首的是二十四个白衣老人和四只六翼的动物，翅翼上长满了睁开的眼睛，随后是一辆由狮身鹰头兽拉的凯旋彩车；右面是三个跳舞的妇女，其中一个周身通红，如果在火焰中间几乎无法辨认；左面是四个紫红色的妇女，其中一个长着三只眼睛。彩车停了，下来一个蒙着面纱的女人；她的衣服红得像火。但丁看不到她的脸，只凭心中的惊愕和血里的敬畏就知道那是贝雅特里齐。他在天国的门槛上感到了以前在佛罗伦萨时多次使他震撼的爱慕之情。他像惊慌的小孩似的寻找维吉尔的庇护，但是维吉尔已不在他身边了。

> 但是维吉尔已经无影无踪，
> 比父亲还亲的维吉尔，
> 关心我安危的维吉尔。[1]

贝雅特里齐厉声呼唤他的名字，说他不应该为维吉尔

---

[1] 原文为意大利文。

的失踪，而应该为自己的过错哭泣。她带着讽刺的口气问他怎么会屈尊来到人们活得幸福的地方。天上到处是天使；贝雅特里齐不留情面地数落但丁一再迷失方向。她说她在梦中找他，可是怎么也找不到，因为他堕落得太深了，除了让他看看被打入地狱的人之外，没有办法拯救他。但丁羞愧地垂下目光，语无伦次地哭了。那些神话人物倾听着，贝雅特里齐逼他当众忏悔……那就是但丁在天国同贝雅特里齐第一次邂逅的令人心酸的情况，只不过是用不太高明的西班牙散文转述的。特奥菲尔·施珀里（《〈神曲〉入门》，苏黎世，一九四六年）指出："毫无疑问，但丁本人预瞻到的那次邂逅应是另一种模样。此前根本没有迹象表明他竟会在这里遭到他生平最大的屈辱。"

评论家们逐一解释场景里的人物。据圣哲罗姆的《引言》介绍，《启示录》（第四章第四节）的二十四个先导老人是《旧约》的二十四书。六翼的动物是《福音书》作者（托马塞奥），或者是《福音书》（隆巴尔迪）。六翼是六部法规（彼得罗·迪·但丁），或者教义在空间六个方向的传播（弗·达·布蒂）。彩车是全世界的教会；两轮是《新约》

和《旧约》（布蒂），或者现世和修行的生活（伊莫拉的本韦努托），或者圣多明戈和圣方济各（《天国篇》，第十二歌第一〇六至一百一十一行），或者正义与仁慈（路易吉·彼得罗博诺）。狮身鹰头兽是融圣子和人性为一体的基督；迪德隆却认为是教皇，"作为教皇或鹰，他上升到上帝的座前去聆听命令；作为狮子或者国王，他坚强有力地巡视世上"。右面跳舞的妇女是神德，左面跳舞的妇女是原德[1]。长着三只眼睛的妇女是谨慎，她眼观过去、现在和未来。贝雅特里齐的出现和维吉尔的消失是因为维吉尔代表理性，而贝雅特里齐代表信仰。按照维塔利的说法，是基督教文化接替了古典文化。

我列举的解释无疑是值得注意的。它们从逻辑上（不是诗歌上）有力地证实了不真实的特征。卡洛·施泰纳支持某些解释，他写道："长着三只眼睛的女人是个怪物，但是诗人在这里不受艺术的制约，因为对他来说，表现品德比表现容貌重要得多。这确凿无疑地证明，在那位无与伦比的艺术家

1　神德指信念、希望、仁慈；原德指慎重、公正、坚定、仁慈。

的灵魂里，占据第一位的不是艺术，而是对善的热爱。"维塔利不太热情地证实了那种看法："刻意采用寓意手法，使但丁的创意美中不足。"

我认为有两件事是不容争辩的。但丁原想把游行场面表现得很美，过分修饰却使效果适得其反。拉彩车的狮身鹰头兽，翅翼上长满眼睛的动物，一个女人浑身发绿，另一个红得像胭脂，还有一个长着三只眼睛，一个男人睡着行走，这些都不像是天国而更像是地狱里的人物。更可怕的是那些人物有些来自《先知书》，另一些则来自圣约翰的《启示录》。我的非难并非不合潮流；其他的天国的场景排除了怪异的现象[1]。

所有的评论家都突出了贝雅特里齐的严厉，个别评论家强调了某些象征的丑恶，在我看来，两种异常现象出于同一根源。当然，这只是猜测而已，我将简单地加以阐述。

爱上一个人就像是创造一种宗教，而那种宗教所信奉的

1　上文写完后，我看到弗朗切斯科·托拉卡的注释说，在某些意大利的动物寓言集里狮身鹰头兽是魔鬼的象征。我不知道可否补充说埃克塞特的手抄古籍里曾有声音柔和、呼吸平稳的豹子是救世主的象征的记载。——原注

神是靠不住的。但丁对贝雅特里齐的感情达到了偶像崇拜的程度，这是无可反驳的事实，她有时嘲笑，有时忽视但丁，这些事实在《新生》[1]里已有记载。有人主张那些事实是别的事实的象征。果真如此的话，我们更确信但丁不幸而迷信的爱情。贝雅特里齐死后，但丁永远失去了她，为了缓解忧伤，便虚构了同她相遇的情节。我认为他在《神曲》中采取了三部曲的结构，目的就是把那次邂逅穿插进去。他想起了常常梦见遇到障碍的伤心情况。但丁的实际情况就是这样。他遭到贝雅特里齐的断然拒绝，只能在梦中见到贝雅特里齐，冷若冰霜、拒人于千里之外的贝雅特里齐，坐在一辆由半狮半鸟拉的车子里，当贝雅特里齐的眼光期待他时，那只怪兽就全是鸟或全是狮子（《炼狱篇》，第三十一歌第一百二十一行）。这些情况可能预先展示了一场噩梦。噩梦便在另一歌里具体展开。贝雅特里齐不见了，一只鹰、一只狐狸、一条龙袭击了彩车，车轮和辕杆上沾满了羽毛，彩车长出七颗头、

---

1 《新生》是但丁除了《神曲》之外最重要的文学作品，书中抒写了但丁对贝雅特里齐的爱情，包括诗人在 1283 年至 1292 年间写的三十一首抒情诗。

一个巨人和一个妓女，占据了贝雅特里齐的位置。[1]

　　对于但丁，贝雅特里齐的存在是无穷无尽的。对于贝雅特里齐，但丁却微不足道，甚至什么都不是。我们出于同情和崇敬，倾向于忘掉但丁那刻骨难忘的、痛苦的不和。我读着他幻想的邂逅情节时，想起了他在第二层地狱的风暴中梦见的两个情人，他们是但丁未能获得的幸福的隐秘的象征，尽管他并不理解或者不想理解。我想到的是结合在地狱里、永不分离的弗朗切斯卡和保罗。怀着极大的爱、焦虑、钦佩和羡慕。

1　有人会反对说这些丑恶的东西是前文"美丽"的反面。固然有理，但有其意义……鹰的袭击寓意是代表最初的迫害；狐狸代表异端；龙代表撒旦或敌基督；长出的头是要罚入地狱的罪孽（伊莫拉的本韦努托），或者洗礼、坚振、告解、圣体、终傅、神品、婚配等七件圣事（布蒂）；巨人代表法国国王腓力四世。——原注

贝雅特里齐最后的微笑

　　本文目的是对文学中一些最伤感的诗句作些评论。那几句诗在《天国篇》第三十一歌里，尽管有名，但似乎谁都没有辨出其中的悲痛，谁都没有完整地听过。事实上，其中的悲剧成分与其说是属于作品，不如说是属于作者；与其说是属于作为主角的但丁，不如说是属于作为撰写者和创作者的但丁。

　　情况是这样的：到了炼狱的山顶，维吉尔突然不见了。但丁在贝雅特里齐的引导下，游历了一重又一重的同心圈，直到最外面的一重，也就是第一动力圈，与此同时，他们每上新的一重天，贝雅特里齐就越来越美丽。恒星都在他们脚下；恒星之上是最高天，但已不是实体的，而是完全由光组成的永恒的天国了。他们登上了最高天，在那无限的领域（正如前拉斐尔派画幅所表现的那样），远处的景色仍同近在咫尺一般清晰。但丁看到了高处的一条光河，看到成群的天使，看到由正直人的灵魂组成阶梯剧场似的天国的玫瑰。突然间，他发现贝雅特里齐离开了他。只见她在高处一个玫瑰圈里。正如海底深处的人抬眼望雷电区域一样，他向她崇拜祈求。他感谢她的恩惠慈悲，求她接纳他的灵魂。接着，文中这么写道：

> 我祈求着，而她离得很远，
>
> 仿佛在微笑，又朝我看了一眼
>
> 然后转过脸，走向永恒的源泉。[1]

　　上面的诗句该如何解释呢？寓意派说：理智（维吉尔）是获得信仰的工具，信仰（贝雅特里齐）是获得神性的工具，目的一旦达到，两者就都消失。读者一定注意到，解释

1　原文为意大利文。

既不热情，又不完美；那几句诗一直没有跳出那种解释的狭小圈子。

我提出质疑的评论在贝雅特里齐的微笑里看到的只是同意的表示。弗朗切斯科·托拉卡指出："最后的一瞥，最后的微笑，然而是确凿无疑的允诺。"路易吉·彼得罗博诺证实说："她之所以微笑，是想对但丁说他的祈求已被接受；她之所以瞅他，是再一次向他表示对他的爱。"我觉得那种见解（卡西尼也有同样的看法）固然合理，但显然同当时的情况没有什么关系。

奥扎纳姆（《但丁与天主教哲学》，一八九五年）认为《神曲》的原始主题是贝雅特里齐的神化，圭多·维塔利认为促使但丁构筑他的"天国"的首要目的，可能是为他所崇拜的女人建立一个王国。《新生》里有一句名言（"我想用没有被用于谈论任何一个女人的话来谈论她"）可以证实或者认可这一猜测。我还想作进一步的探讨。我觉得但丁创作这部文学杰作的目的，是为了插进一些他同无法挽回的贝雅特里齐重逢的场面。说得更明确些，煎熬灵魂的地狱层、南方的炼狱、同心圈的九重天、弗朗切斯卡、半人半鸟怪、狮身鹰头兽、贝特朗·德·博恩等都是插入的东西；他知道已经一去不返的那个微笑和声音才是最重要的。《新生》开头说，他有一次在一封信里一口气提到了六十个女人，以便偷偷地塞进贝雅特里齐的名字。我认为他在《神曲》里重复了这个伤心的手法。

不幸的人向往幸福，这种事情毫不奇怪，我们大家每天都这么做。但丁和我们一样，但是某些东西始终让我们隐约看到那些自得其乐的妄想所掩饰的可怕。切斯特顿有一首诗谈到愉悦的梦魇[1]；它包含的矛盾修饰法多少表明了引自《天国篇》的三行诗。然而，切斯特顿的短句里的重点在"愉悦"；三行诗里的重点在"梦魇"。

我们不妨再回想一下当时的场景。有贝雅特里齐在旁边的但丁身在最高天。覆盖在他们头上的是无边无际的、由正直人灵魂组成的玫瑰圈。玫瑰圈很远，但是其中的景象十分清晰。这种矛盾虽由诗人作了解释（《天国篇》，第三十歌第一百一十八行），也许构成隐秘的不和的第一个迹象，贝雅特里齐突然不在他身边了。取而代之的是一位老人（他以为看

---

1 原文为英文。

到的是贝雅特里齐,却看到一位老人¹)。但丁失魂落魄似的问贝雅特里齐在哪里。她在哪里?²老人指点最高处的一个玫瑰圈。头上有光晕的贝雅特里齐在那里,目光始终使他充满难以承受的幸福感的贝雅特里齐,爱穿红衣服的贝雅特里齐,他朝思暮想的贝雅特里齐,以致一天早晨他在佛罗伦萨遇到几个从未听说过贝雅特里齐的朝圣者竟然使他诧异万分。一度不理睬他的贝雅特里齐,二十四岁就去世的贝雅特里齐,嫁给巴尔迪的贝雅特里齐·德福尔科·波尔蒂纳里。但丁望见她在高处,一个在明净的天穹,一个在最深的海底。但丁祈求她,像祈求上帝似的,也像祈求一个他所渴想的女人:

　　啊,夫人,你是我的希望所在,

　　我祈求你拯救

　　我地狱里的灵魂……³

　　贝雅特里齐瞅了他一眼,微微一笑,然后转过身,朝永

<hr>

123　原文为意大利文。

恒的光的源泉走去。

弗朗切斯科·德·桑克蒂斯（《意大利文学史》，第七章）对这几句诗是这么理解的："当贝雅特里齐离去时，但丁没有发出哀叹，他身上的所有尘世浮渣已经焚烧殆尽。"如果我们从诗人的意图考虑，情况确实如此；如果从诗人的感情考虑，那就错了。

我们应该记住一个不容争议的、十分难堪的事实，这个场面完全出自但丁的想象。对我们来说相当真实，对他却不然。（对他来说，现实是贝雅特里齐生前死后已被夺走。）他永远失去了贝雅特里齐，形单影只，或许还感到屈辱，为了在想象中同她一起，他想象出那个场面。对他固然不幸，对读到他作品的后代却是好事，意识到邂逅出于虚构会歪曲幻象。于是出现了那些糟糕的情况，正因为发生在最高天，更令人难以忍受：贝雅特里齐的消失、取代她的老人、她突然升到玫瑰圈、倏忽即逝的微笑和目光、永远扭过去的脸[1]。言词之中流露出恐惧："仿佛"是形容"远"的，但牵连到"微

---

1 翻译过《新生》的罗塞蒂的著名诗作《神女》中，登仙的少女在天国也感到不幸福。——原注

笑", 因此朗费罗一八六七年的译文是这样处理的:

> 我祈求着; 而她离得那么远,
>
> 仿佛在微笑, 又朝我看了一眼······[1]

"永恒"一词似乎也牵连到"转过脸"。

---

1 原文为英文。